수도원 밖의 새들

시와함께(Along with Poetry) 시인선 018

수도원 밖의 새들

정근옥 시집

시와함께 넓은마루

  과일나무가 자라면 꽃을 피우고 열매를 맺듯, 나의 삶 속에 담겼던 소중했던 시간들이 과수처럼 시의 꽃을 피우고 열매를 맺게 했다.

  시란 무엇인가? 뭉크의 절규하는 하늘처럼
  어둠이 짙게 깔린 이 사회에
  탱탱한 아름다움과 과즙을 제공하는
  잘 익은 사과나무 같은 역할을 할 수 없는 것일까?

  '시란 것은 진실한 생각, 진실한 느낌, 진실한 표현을 통하여 나오는 그 자신의 전인격적 체험에서만 생명력이 살아 있는 좋은 작품이 탄생될 수 있다'고 말씀하신 미당 선생님의 모습과 '시인은 그 시대의 시민이 의식하고 있는 가장 예민한 의식의 정상에 있어야 한다'는 영국 비평가 리비스의 말을 되새길 필요가 있다고 말씀하신 구상 선생님의 다정한 모습이 문득 뇌리를 스친다.

그런 마음을 가슴에 담고, 시어를 조탁하며 벽돌을 쌓고, 내 영혼이 존재할 시의 집을 지었다.

이 시집이 나올 수 있도록 도와주신 모든 분들께 깊은 감사를 드립니다.

2022년 여름 정근옥

| 차례 |

제1부

낙엽도 별을 사랑한다

하얀 강

겨울을 흐르는 강은 어둠 속에서
스스로 길을 만들어 외로이 흘러간다

별빛을 머리에 이고 한번 간 적 없는
메마른 사막길을 홀로 헤쳐간다

사랑하는 사람과 함께 길을 걸어도
세월이 할퀸 상흔이 화석으로 남아

꽃잎 흔드는 바람이 불면
가슴은 늘 멍이 들어 쓰라리다

흰 물결 흐르는 강물 위에서
가랑잎 목숨 한 점이

캄캄한 빛을 밀어내고
은하를 떠가는 별이 되어 반짝거린다

새벽편지

바람처럼 떠난 그 사람 그리워
읽었던 편지를
다시 또 꺼내 읽노라면
계단 위에 별이 하나 더 떠서
호젓이 눈물꽃을 피운다
추녀 끝 풍경소리 그윽이 울려오면
하늘의 해보다도 더 뚜렷한 달이
청산에 걸터앉아 백련을 바라본다

아, 아득한 저 우주의 끝
바람도 차가운데
새벽편지도 가다가 멈추었는데
별빛만 또렷이
하얀 눈망울을 굴리고 있구나

물고기의 다비식

중생의 삶은 더럽고 차가운 바람에
사랑마저 잃어버리고
덧없이 스러지는 갈대꽃이던가

그물에 걸려 헐떡거리는 물고기
오늘은 어느 밥상을 위하여
거룩한 다비식을 치르고 있을까,
장작더미에 솟아오르는 불꽃은
선善의 불꽃인가, 악惡의 불꽃인가,
육신이 재가 되어 북새바람에 날아가면
눈물은 별이 되어 빛나고 있을까

아, 우리 삶 길에 반드시 지나가는
세한의 북풍 속
아리고 눈물겨운 적멸의 최후성인식,
그 잔혹한 의식을 치른 후에야
탐욕을 버릴 수 있는가, 중생들이여

낙화

수채화 한 폭 펼쳐진 산맥
고요에 젖어
덧없이 눈 내리던 날
속 무너지는 역병을 앓다가
설국의 바닷가로
겨울새가 되어 떠난 여인네,
이슬로 씻어낸 눈썹 같은 꽃잎
푸른 밤 스쳐서 온 칼바람에
온몸을 떨며 흔들거리다
자성광명自性光明 별이 되어
달도 떠난 가지 끝에 앉는다
일평생 추위를 견디며 꽃을 피우고
붉게 익어온 열매, 그 암향내음
어지럼증을 앓고 있다
그러다가 슬픈 동안거를 위해
캄캄한 내세의 바다로
소리 없이 떨어져 내린다

바다 풍경이 있는 세한도

세찬 눈보라를 이겨낸
겨우살이가 새봄을 기다리듯

새들만 맴도는 다도해 선착장에서
누군가를 기다리고 싶다

우리의 삶은 언제나
하룻밤 숙박을 하고 떠나는 여행자

더러는 사막을 걸으며 들꽃의 웃음소리에
작은 행복의 문을 열어 놓기도 하지만

더러는 광풍에 찢겨진 깃발을 붙들고
쓰디쓴 눈물을 내뱉으며 오열하기도 한다

그 혹풍을 밀어낸 서쪽하늘 노을은
팽팽한 한 줄기 사랑의 빛

싸늘한 기억의 바다 풍경을 덮어 버리고
애절한 기도로 새날의 햇살을 기다린다

외로운 반짝임

한때는 사랑의 이름으로
눈부시게 피어나던 꽃

대낮엔 갈대숲에 묻혀
눈바람으로 하얗게 울다가

밤이 되면 저 푸르른
별들의 외로운 반짝임

정월 보름달을 품은 강물 위에
떡살자국으로 또렷이 남는다

봄길 위에서

눈길을 밟아야 봄이 오는 길이
발자국 따라 뚜벅뚜벅 열린다
새봄이 오는 길은 언제나
미끄럽고 험난하게 펼쳐져 있다
역사의 짐을 진 우리는 그 길 위에서
자꾸만 미끄러져 넘어지곤 한다
이를 악물고 다리를 바르르 떨며
수없이 일어서는 연습 끝에 홀로 서서
푸른 하늘을 나는 새를 바라본다
눈 속에 묻혀 떨고 있는 눈풀꽃
죽음이란 삭막함을 핥고 뱉어내며
언젠가는 다시 깨어날 것을 다짐해 본다
절해고도 로벤섬 감옥에서 만델라가 바라본
희망 빛을 어둠 속에서 간절히 기다린다
꽃을 피워내는 자유의 빛도 기다린다
은하의 뱃길을 운행하는 구조선의
따스한 불빛이 보인다, 욕심 비운
인간에게는 맑은 마음의 하늘도 보인다

섬 1

파도를 그리워하다가
떠도는 섬이 된다

갈 때는 늘 설레고
올 때는 비단추억을
별이 떠 있는 선착장에 남긴다

섬은
대숲이 오랜 시간 숨기고 품어온
새들의 깃털과 눈물로 애삭이며
사랑 벽을 깎아 바위 위에 지어 놓은
순례자의 집터

오동꽃 떨어져 내린
섬갓 갯티길가에
해당화가 붉은 손을 내밀고

파도는 바람을 만나 눈물 훔치고
연방 거친 숨소리를 뿜어댄다

섬 2

섬에선 사람끼리 손을 잡아야 한다
꽃잎을 물고 놀던
동박새마저 떠나면 친구가 없다

섬은 언제나 모래 위에
깊숙이 사랑의 발자취를 남긴다
그러고는, 흰빛 칼날로 지워 버린다

겨울 찬바람을 맞으며 솟아오르는 햇살
막막한 어둠에 갇혔던 섬에선
따스한 인정이 되고 마음의 고향이 된다

동백꽃잎보다도 연약하게 흔들리는
그대들에게, 섬은
눈물 따스하게 고여 있는 어머님의 품이다

죽림의 봄빛

그윽한 죽림의 바람소리
다정다감한 손님으로 찾아와
달빛을 받는 목련의
하얀 얼굴을 어루만지고 있다

연묵청빛 흐르는 연못 한가운데
진흙 속에서 피어나는 연꽃,
봄빛을 안고 바람 타고 다가와
간들간들 풍류를 앓다가
안개 속에 시를 낳으며 향을 풍긴다

대숲의 가야금 뜯는 소리에
화들짝 놀란 꽃대궁
가무린 첫사랑의 꽃잎을 연다
그러더니 하얀 달빛에
목련이 손을 저으며
날렵하게 나비춤을 춘다

나비, 시와 함께 놀다

꽃잎에 바람이 불어
나비가 작은 날갯짓하며 꿀을 찾는다
나비의 몸통을 울려주는 말들
오페라의 불협화음 실내악이 되고
아물지 못한 상처의 반짝이는 불빛이 된다

눈 녹는 날 먼 길 떠난다고
따스했던 심장마저 버리고 떠날 수 있을까,
캄캄한 밤 불기운도 없는 오두막집에
찬바람이 목을 쳐낼 듯 세차게 불어오고
흔들거리던 창호지 들창엔
마음을 닮은 달이 소스라쳐 떠오른다

아득하게 먼 길을 가다 뒤돌아보며
티눈처럼 박혀진 그리움,
그 눈빛을 잊지 못해 샛별처럼 흘리는
나비의 뜨거운 눈물, 생이 얼룩진
장막 위에 촉촉이 젖어 내리고 있다

태백 물매화꽃

하늘은 별빛을 내리고
그 하늘을 받드는 물매화꽃,
언제나 그립고 선량한 사람이
먼저 길을 떠나듯
첫사랑의 꽃잎이 바람을 타고
안개 속으로 오련히 사라진다
비탈진 산을 오르던 산양
잔잔한 꽃눈을 바라보다
숨 막히는 사랑의 불빛을 바라보고
떠가는 구름에게 솔바람소릴 보낸다

허구한 세월 눈치만 보며
살아온 자신이 너무 미워서
돌아서서 흘리는 눈물
짙은 먹물 칠해진 밤하늘 별이 되어
저 홀로 깜박깜박 빛나고 있다

가우라꽃

가을 가랑잎처럼 바짝 말라붙은
가슴이 타올라
흰 연기를 범종소리와 함께
머언 바다로 날려 보내 버린다

저녁놀 속에 타오르는
저 미친 그리움
분홍나비가 되어
산사 가는 길가에 가득 피어나
흔들흔들 민살풀이춤을 추는구나

이승의 사랑 이루지 못한 이의
숨겨둔 맘 숯불로 타오르면
은빛 불꽃 하늘로 솟아올라
밤마다 별이 되어 깜박거린다

낙엽도 별을 사랑한다

한여름 푸른 잎을 흔들며
위풍당당하게 살다가

서리를 묻히고 쓸쓸히 돌아온
바람 앞에서 파르르 떨다가

붉은 피를 토하며
맨땅 위에 목숨을 던진다는 것은

노을보다도 처절한 아픔 안고
누구나 돌아가야 하는 어둠 길,

다만 지내온 생에서, 진실하게 꽃피운
사랑 하나라도 있었다면 샛별이 되겠지

초당에 앉아서 1

얼마나 더 견뎌내야
노을 속에 그을린
저 쓰라린 세월이 잊혀질까

고향집 문고리에 핀
서리꽃
새벽별이 되어 빛나고 있는데

잔잔한 녹찻잔에 어리는
두고 온
어린 것들의 눈동자

마음 다독이며 편지를 쓰는데
붓 끝이
얼어붙어 말문이 막히누나

하피첩에 묻은 눈물
늦갈 바람에도 마르질 않고
별처럼 촉촉이 젖어 있구나

초당에 앉아서 2

삭풍 몰아치는 초당에 앉아
두고 온 가족 소식
한밤이 이슥토록 기다리는데

창호지문 틀에 서성이던 달빛이
목을 길게 내밀더니
눈물 젖은 허한 속내를 들여다본다

하늘이 내려준 거룩한 사랑과
나라님의 지극한 사랑
마디마디 죽송竹松의 옹이가 되었건만

구멍 뚫린 가슴에 숨어든 정
긴 세월 풍랑 몰아쳐온 먹빛 바다 위에
별을 쏟으며 등대처럼 깜박거린다

초당에 앉아서 3

흰 눈 잦아진 초당 가는 길 언덕에
짙은 녹채 덮개치마를 두르고
붉은 꽃잎을 여는 동백,
궁궐 속 부귀영화
깊은 맘속에 돌로 눌러놓고서
차디찬 바람길에 홀로 서서 견디다가
구름을 좇아 머문 천 리 유뱃길
임을 향한 어여쁜 마음은
끝끝내 흔들리지 않는 바위가 되리라

하늘을 우러르며 살아왔던 삶의 길엔
어찌하여 신음소리 가득한
살을 에는 혹한의 바람뿐이던가,
뿌리 속 깊이 맺힌 슬픔꽃 한 송이
차마 버리지 못하고
저리도 뼈저린 몸짓으로 흔들거리며
어둠을 밀어낸 노을빛으로 피어날까
목숨을 흔드는 바람에도
끝끝내 쓰러지지 않는 푸른 대가 되리라

부석사 목어가 울다

고색의 빛바랜 단청각에
눈을 크게 뜬 채
눈물도 말끔히 지워 버리고
묵묵히 사불수행을 하는 목어

사랑의 이파리 떠나간 나뭇가지에
쓸데없는 바람이 불고
나뭇잎이 떨어져 물결 따라 흘러가고,
겨울바람 이는 저 죽음의 강 건너엔
노랠 잃어버린 중생들의 묘비들이
어둠 속에 갇혀 으스스 떨고 있다

꿈인 듯 별빛처럼 다가온
운명적 사랑을
무인도 마음속에 고이 접어 두고,
용이 되어 하늘을 날아다니며
임의 뜻을 지켜오던 선묘의 넋을
풍경소리로 다독이는 부석사 목어

서녘바람을 지그시 불러들이더니

빈 가슴 스스로 두드리며 울고 있다

제2부

수도원 밖의 새들

산사음악회가 끝날 무렵

산사의 가을음악회가
어둠의 장막을 닫고 끝날 때쯤이면
푸르렀던 젊음의 잎새
애잔한 음률에 덧없이 물들어
슬픔 앓고 온 바람을 따라서
왜, 고통의 빛을 안은 채
어둠 속으로 쓸려가고 있는 걸까

그 아름다운 연민의 쓰라림
바람에 날려 먼 하늘로 보냈지만
가슴을 찢는 그리움
수천 년 굽이쳐 흘러온 강물 위에
달빛이 잔물결을 흔들면
망각의 잃어버린 불빛을 되찾아
눈물 어린 기억을 안고 함께 타오른다

단양나루에 뜬 달

오래 묵은 집 대청마루 밑
섬돌 위에
찬 서리 내리더니
하룻밤 날 새우며
기울어가는 달
매화나무 가지를 흔들고 지나간다
그 고운 달빛을 받아
그대 가슴에
소복이 쌓인 사랑이여,
두향을 홀로 두고 떠나는
퇴계의 하늘에
서늘히 빛나는 별 하나
푸른빛 떨치며 숨죽인 채
눈물을 감추고 애절히
빈 나루터를 내려다보고 있고나

별들도 울 때가 있다

낯선 항구를 출발하여 먼 바다를 가다 보면
검푸른 파도가 있다는 것을 알게 되고
배가 흔들림 당할 때가 있음을 알게 되리

배가 흔들리면 별도 흔들리고
내가 걸어왔던 길도 덧없이 흔들린다

아무리 거센 바람이 배를 흔들어대도
돛을 달고 나아가는 뱃길을 막을 수 없으리,
무수한 세월의 가지 사이로 찾아온 어둠이
햇빛에 떠밀려 서서히 안개를 걷어내면
박꽃이 피는 새벽길을 누운 채로 열어준다

그럴 때, 내가 살아 존재하고 있다는 것을
별들에게 편지를 써 보내면, 별들도
그렇게 찬바람 윙윙 부는 어둠 속에서
눈물나게 살아왔다며 울 때가 있다

부채붓꽃

고향 성묘 가는 길가에
강물에 지워진 애련의 기억들을
발자국 따라
잔잔히 그려 놓은 묵객의 꽃

오일장에 갔다 아버님 돌아오실 때
밤하늘을 밝히던
별들이 꽃신 신고 내려와
대청호 길섶에 소근거리며 피는 꽃

달 걸음 따라가다 멈춰선 멧새가
숲속에 숨어 울다가 마주친
무네미할매의 무덤가에
초연히 피어 있는 슬픈 영혼의 꽃

첫닭 우는 새벽 임이 남기고 간
무명수건에 고운 손을 씻으며
닦아낸 눈물
촉촉하게 젖어 있는 첫사랑의 꽃

냉이꽃 핀 길가에서 1

길섶에서 웃고 있는
우리 누님의
슬픈 눈동자를 닮은 꽃이파리,
구멍 뚫린 어머님 가슴에
대장도리로도 뺄 수 없는
커다란 못을 박아 놓고
저승으로 떠난 우리 누님의
새하얀 얼굴이 밤마다 비쳐오면
어머님의 한숨이 한밤중에 자라나
별처럼 피어오르는 눈물꽃

귀촉이 울음 따라 찾아와
모진 인연의 발자국 남긴 그 자리에
찰랑찰랑 바람에 보일 듯 말 듯
작은 손을 흔들며
초승의 미소를 짓고 있는
누님의 눈망울 그 반짝거림이
새들이 날다가 보는 별빛이 되었네

냉이꽃 핀 길가에서 2

봄날 텃밭 길옆에 피어 있다가
요단강을 건너 먼 길을 떠난
누님이 화장을 지우고
뽀얀 달의 얼굴로 쓸쓸히
밤마다 이승의 강을 내려다본다

봄꽃이 지는 들판에
바람이
그리움 촉촉이 젖은 어머님의
눈물 한 잎을 떨구고 가면

허물어진 옛 성터를 넘어온 달이
어두운 밤하늘에
붉어 터진 어머님의 꽃자리를 맴돌다
흰 꽃길을 내고 달려와
박꽃 핀 지붕 위에 눈부시게 떠 있다

수도원 밖의 새들

나뭇잎 떨어져 내린 연먹물빛 물가에
귀를 쫑긋 세우고 내려앉은 물새들
늦상달 서리 묻은 달빛을 보고
날개 털어대며 서러이 울다
감춰놨던 푸르스름한 눈물을 흘린다

삶의 고통을 어깨에 짊어지고
하늘을 날다가
내일은 어떤 이를 위로하기 위해
번뇌의 눈물 흐르는 인연의 깊은 강에서
교법의 둥지로 헤쳐 나와
해탈락의 울음소릴 터뜨리고 있을까

사랑하는 것들이 죽고 썩어지면
버림받은 그 영혼은 무슨 색일까,
욕망의 줄을 끊고 날아간 제비연처럼
구름을 쫓아간 생生은
우주와 함께 영생하고 있는 것인가

날게 놓아주자, 사랑의 하늘도

죽음의 하늘도

날아다닐 수 있는 것이 새이니까

갈꽃 찾아온 바람

길 떠난 바람이
다시 찾아와

댓돌 위에 놓인
흰 신발을 쓰다듬는다

그대 갈꽃
소리 없이 떠나보내고

뼈를 부벼대는 허연 슬픔
젖어 있는 달빛

흰 머리카락 손질한
고운 뺨을 어루만진다

구두 한 켤레와 뫼비우스띠

구두 한 켤레 남겨 놓고
푸른 달빛과 포소리 무리지어 우는
동부전선으로 떠난 사람아

팔월의 상현달이 차오르는 날
임이 물들여 놓은 봉숭아빛 사랑을
가랑잎 같은 가슴에 남겨 놓고

저녁하늘에 불질러놓더니
구름처럼
바람타고 영을 넘어간 사람아

눈물로 닦아 놓은 새 구두를 신고
뫼비우스의 띠를 돌아서
새아침 타오르는 햇살로 돌아오라

안개강

청천하늘에 눈시울 붉어진
달이 뜨거든
어서 돌아오라, 안개강 건너서

보리밭 물결 일렁이며 찾아온
봄바람 몸짓하며 살랑여도
윤사월 초록잠을 자다
구천으로 떠난 그대가 그립다,
바람에 흔들리는 떡갈나무
떨어진 나뭇잎만큼이나
목이 마르고 피가 마른다

꽃무릇 생생히 피어 있는
자드락길 굽이 따라 어서 돌아오라,
은월이 길 밝히는 저 강을 건너서

나무가 서 있는 풍경 1

동짓날 내리던 비가 그치면
비에 젖어 달려오던
북쪽으로 가는 기차를 떠나보내고
아득하게 먼 풍경 속에
그리운 목소리 하나 남기고
바람결에 흔들거린다

찬바람 불어 단풍이 물들고
기러기 다시 찾아오면
바닷가 간이역에서 만나자고 했던 약속
아직도 끝나지 않은 여행으로 남아 있다

캄캄한 허공을 달려온 별들이
검푸른 바다에 쏟아져 내리면
그대가 떠난 기차역 앞마당
파릇한 바람에 시달리던 옥향나무
파도가 연주하는 사랑의 변주곡 들으며
가을 들판에 납작 엎드린 채 울먹거린다

나무가 서 있는 풍경 2

햇살이 다시 먹구름을 뚫고
갯마을 산등성이를 내려오면
산사의 회나무 스스로 그늘을 만들어
죽음에서 돌아온 목어를
푸른빛 자유 앞에 풀어 놓는다
고된 삶을 낙뢰에 난타당했던 목어
그 모진 서러움을 되새김질하고
멍든 맘 채찍질하며 눈물을 쏟는다
긴 그늘이 어둠 속에 사라지면
바람을 퍼주고 숲을 지키던 나무
묵원墨園의 고인돌 앞에 서성거린다

저녁빛살에 익어가는
감나무 가지 끝에 매달린 홍시
서리 묻은 구름꽃밭에 몸을 숨기면
들판에 홀로 서성이던 산까치
북쪽에서 불어오는 찬바람을 맞으며
천국의 어머님 소식을 묻는다

가을이 흠뻑 젖은 단풍잎
어둠 직전의 피 끓는 사랑을 막 쏟더니
말없이 나뭇가지 위에 앉아 바람소릴 듣는다
죽어서도 기억해야 할 행복의 순간들
짙은 자줏빛 바다에서 하나 둘 펼쳐보고 있다
그리곤 흙바람 이는
사바세계로 잔잔히 떨어져 내린다

두견이 날아간 하늘의 별

고향집 앞마당에 눈이 내리면
어머님이 첫돌상에 차려준 백설기
삽살개가 뛰놀던 텃밭에서 익어가고

하현달이 다녀간 처마 밑엔
포근한 숨결로 다가온
별빛이 차곡차곡 쌓여간다

자두빛 사랑만 남겨 두고 어머님이 가신
은하에 옹기종기 모여서 사는 별,
누구의 영혼을 위해 간절한 기도를 올리나

저토록 눈물 떨구며 슬피 울어대던 두견이
날아간 하늘에 남겨 놓은 별빛은
죽어서도 다시 살아나는 영생의 빛이다

사랑을 위한 서시

대숲이 울던 날 전선으로 떠난
그리던 임은 돌아오지 않고

쑥골 너머 불어오던 실바람에
곱디고운 꽃잎마저 쓸려가고 있네

갈 테면 가라, 구름 속의 달이여
묶어 둔 인연의 실타래를 풀면서 가라

가뱃날 달이 휘영청 밝아오면
혼이라도 풍장을 울리며 돌아오겠지

어서 돌아오라, 샛별로 떠 있는
사람이여, 달항아리 같은 사랑이여

가을밤 짙어지니 단풍잎이 사각사각
옛 얘길 꺼내면서 눈물을 흘리는구나

성에꽃

병실에 누워 유리창에 피어 있는
성에꽃의 차디찬 빛을 바라본다

몸이 차가워졌나 보다, 몸구석에
성에꽃이 피어 나를 서글프게 눕힌다

병실 침대에 누워 보면 안다, 가여운 영혼이
세상 가득찬 세균과 함께 허공을 날고 있음을

그러다가, 내가 나를 소홀히 대할 때
그것들은 여지없이 칼을 갈고 달려든다는 것을

병수렁에 빠져 본 자는 안다, 이 세상 곳곳에는
세균보다 더 독한, 탐욕에 눈먼 자들이 많다는 것을

오늘 아침, 이 순간만 존재하다가 떠나갈
성에꽃이 창밖의 바람에 손 흔들며 말한다

시간이 흐른 후, 너희들도 우리들처럼
허공중에 덧없이 사라질 것이니

이 세상 사랑하는 모든 것들에게, 저 저녁놀처럼
네 영육을 뜨겁게 불사른 후 어둠 속으로 가라고

도반의 강에서 시를 건지다

깊은 밤 구름처럼 떠다니는
유령의 언어들을 붙잡아
향 그윽한 풀꽃 피는 집을 지으려고
속절없이 두드리는 컴퓨터자판기

아름다운 비너스를 빚기 위해
나무토막을 하얀 뼈대가 나올 때까지
이리 깎고 저리 깎아 본다
결국에 남는 건 핏자국 뻘건 아픔뿐이다
고래를 잡으려 먼 바다를 떠다니다가
마지막엔 무인도행 조각배를 타야 한다
푸른 깃발 펄럭이는 기항지에 도착하여
낭만의 꿈을 술잔에 따라 한 잔 들이킨 후
죽어 있는 언어들을 그물로 건져 올려
뼈를 다시 깎은 후 살을 붙인다
그리고 채색을 곱게 입히고 눈도 그리고
내 척추의 사상과 혼을 불어 넣어
수천 도의 불구덩이 가마에서 굽는다

아, 아무도 보아주지 않는
나만이 사랑했던 서글픈 분신의 탄생,
흐뭇하게 미소를 짓고 있지만
도반의 강은 고뇌와 허망의 껍질이 흐를 뿐이다
그러나 흐르는 강물에는 반짝거리는 빛이 있다

갈까마귀가 부친 새벽편지 1

흰 갈대밭을 노란 달빛이 흔들면
짝을 잃은 갈까마귀가
별빛을 주우러 하늘로 날아가고 있다

저승에서 불어온 바람으로
하늘로 떠밀려간
은하의 물줄기가 일으키는 안개 속에
바위에 새기면서 다져온
임을 향한 맘 송두리째 빼앗겨 버리고

푸른 별을 찾아가는
너는 우주인이 아니다, 다만
사랑하는 사람을 위한 사랑 하나만을
가슴 저리도록 기억하며
날마다 까악까악 울부짖는 바보새......

수신자도 없는 하늘로 부친
새벽편지가 달빛과 함께 도착하여

아무도 기다리지 않는

문밖에서 초인종을 자꾸만 누르고 있다

갈까마귀가 부친 새벽편지 2

흰 갈대밭에서 눈물을 하나씩 줍는
갈까마귀가 달맞이꽃 진 자리에 앉아
들바람이 가져다 준 삶의
방정식을 풀다가 정좌수행을 하고 있다

얼마나 많은 눈물을 뿌려야
얼어붙은 밤하늘에
뭇별이 되어 반짝일 수 있을까,
얼마나 피맺힌 울음을 울어야
저렇게 눈부시게 빛나는
별들을 사랑하며 노래할 수 있을까,
얼마나 많은 흔들림을 당하여야
달빛 받으며 삭막하게 말라 버린
갈대밭을 흔들고 떠난
바람을 잊고 도란도란 살 수 있을까,
밤새워 풀고 풀어도 풀리지 않는
삶에 대한 답을 아직도
플라톤은 밤하늘을 가리키며 풀고 있을까

갈까마귀야 두려워 마라, 정답이 없는
삶의 정답은 날마다 희망이파리 키워가는
저 외솔나무에게 물어보고,
사랑의 전서를 읽고 날아오르는
저 새에게 물어보라, 하늘에 차곡차곡
별들이 써 놓은 새벽편지도 읽어 보라

제3부

기도하는 새

찔레꽃 서시

해가 저문 오월의 찔레꽃은
바람이 불 적마다
꽃잎을 날리며 별이 된다

별은 대낮에 죽어서
흰꽃이 되었다가
어둠 속에 다시 별을 낳는다

죽음이 오더라도 눈물 흘리지 마라
가던 길 돌아서서, 다가오지 않는
미래를 걱정하며 눈물짓는 것은
별들을 또다시 죽이는 일이다

밤마다 죽었던 별의 탄생을 위하여
어둠 속에서 남몰래
산새처럼 사랑을 불태우고 돌아가는
가시 돋친 꽃 울음은 너무 아프다

세속의 강물 속에 비치는 그대 별빛,

서럽도록 바람에 흔들리지만

향기를 잃어버린 꽃은 되지 말자

곰배령 억새의 푸른 추억

북새바람이 곰배령 등 뒤에 숨어 있는
억새꽃을 자근자근 흔들며 울고 있다
하얀 설원에 홀로 서 있던
구상나무 가지 끝에 걸린 낮달이
문득 슬픈 얼굴로
어머님의 흰 적삼을 하늘에 걸어 놓는다
바람마저 누렇게 처진 갈잎을 울려 버리면
산새들도 길을 잃고 눈물을 흘린다
아, 얼굴을 묻고 말없이 흘러가는 세월
어머님의 발자국 푸른 어둠으로 지워 버리고
산등선 허리를 밟고 스르르 넘어 간다

설핏한 하늘 너머로 자늑자늑
사그러져가는 노을이 남긴
추억 한 자락의 그림자 조각들
눈물 젖어 있는 밤하늘의 별자리마다
징검다리를 하나 둘 늘어놓고 있다
곰배령 어깨 위에 흔들거리며

죄 없이 자라나 버티고 있는 야생꽃
햇살 받으며 억새꽃 비유의 시 읊조리면
우리나라 들판에, 아니
우리가 걷는 삶의 능선에도 저마다
사랑이 착색된 푸른 꽃으로 피어난다

투명 벽에 찍힌 달발자국

흔들리지 마, 앙상한 나뭇가지에
죽음의 투명한 빛깔로
허무를 씹으며 피워 놓은 눈꽃
사람들의 발길 닿지 않는 곳에
댑바람이 무참히 떨구고 가더라도

어두운 거리를 쓸고 가는 바람은
문 닫은 생선가게 앞에선
비릿한 그림자를 남기고 가지,
목숨 바쳐 애틋하게 키워왔던
사랑, 행복 그런 꽃나무도, 결국은
창백한 달이 찬바람을 몰고 와
썩은 돈비린내 허공중에 날려 버리고
흰 눈 쏟아진 거리를 덮어 버리지

그래서 바람이 흔들고 간
늦가을 억새밭에는
짙은 슬픔이 달빛에 묻어 있는 거야,

투명한 빛깔의 욕망이 죽어
검은 무덤이 되고, 애별의
지릿한 발자국 냄새가 풍기는 거야

고목이 서 있는 금강둑 1

깊은 잠에 잠긴 고향의 강
그리운 얼굴을
새벽길에 보내고 나서
누워서, 어스름 달빛에 떠가는
구름을 향해 입김을 품어 올린다

단풍이 석류꽃빛처럼 물들거든
다시 돌아온다던 약속
가을을 소리없이 보내고

물결 위에 반짝거리는
그대 목소리
오늘도 오래된 나무 아래 앉아
그대를 기다리며
바람에게 듣고 있다

바람은 속타는 그 맘속을
알기나 하듯

잔잔한 강물을 흔들어 놓고
숲이 그려낸 산수화 속으로
오래된 이름들을 부르며 간다

고목이 서 있는 금강둑 2

어디서부터 흘러온 것들인가

그리움 흠뻑 젖어
맘속에 핀 꽃
지는 아픔의 그림자마저
가슴으로 꼭 안아주는 강물은

강 언덕 절간에서 들려오는
천수경 독경소리
바람 타고 어둠 속으로 사라지면

애락哀樂의 굽이를
돌아서 온 물들
다시 낮은 곳을 향하여 고여든다

물에 젖은 별무리

봄꽃 피어 있던 갈래길을 걸으며

다짐했던 빛바랜 약속

가을걷이 끝난 들판으로 흘려보내고

조용히 달이 걸어간 하늘길을

돌탑을 쌓으며 바라본다

간이역에 남긴 엽서

첫사랑 묻어 있는 간이역
텅 빈 하늘에
기러기 한 마리 날아가고 있다

거울을 닦아야 하늘이 보인다
마음에 묻은
욕심의 때를 서릿발로 닦아내,
죽은 나무의 뼈를 자르고
살껍질을 벗겨낸 후
탈각시 인형이 소생하여 웃는다

달빛 내리는 간이역
늘 그 자리를 지켜온
나무 앞에 다시 서 본다
여행객이 남겨 놓은 그늘 속에
입덧하던 그리움
환한 꽃잎에 앉아 눈을 감는다

그곳은
급행열차를 타고는
닿을 수 없는 곳……

칼바람에 죽음을 맛본 매화나무
다시 봄을 불러내어 꽃잎을 열면
안개에 묻은 짙은 향기
바람 타고 순식간 백 리 길을 달려간다

매화수첩 속의 먼 별빛

겨울 한복판을 비켜서서
눈을 틔우고 있는
매화나무 묵은 가지에
신천지 생명의 불이 붙는다

쓰라린 추억의 바다를
가만히 들여다보던 바람
나비를 데리고 와
먼 별빛을 바라보며 화관무를 춘다

가난한 나무에도 꽃은 핀다더냐,

햇살 눈부시게 따스한 날
벽만 오르려는
남루한 바램을 멈추고, 너에게
정결하고 따스한 입김을 보낸다

수석이 허허롭게 눈뜨는 강가

갈대밭에 달빛이 찾아와

눈을 뿌리듯

흰 꽃잎만 차분히 날리고 있다

바람의 설법說法

꽃밭에 자리한 이승의 사랑도
바람 타고 저승으로 떠나면
극락 가는 길이라 할지라도, 눈물은
저녁강이 되어 서럽게 별빛을 만난다
삶의 고독한 뜰, 중생의 번뇌에서
해탈하고자 하는 바램
묵중한 바위 위에 새기고 새기어
생현生顯하는 불타의 말씀이 뜨겁다
아득하고 먼 여정의 길을
뒤돌아서서 거울을 비춰 본다
때 묻지 않은 꿈을 키워 보려고
갖가지 생의 유희를 하다 떨어져 내리는
낙화의 그림자, 더욱 애잔하고 목이 탄다
사랑하는 모든 것들이 꽃을 피우기 위해
긴 기다림만으로, 모진 비바람을 버티다 쓰러져
쉬지 않고 신전을 향해 간절한 기도를 올린다
지나가는 구름이 안부를 물으며 말한다
서쪽으로 가는 바람처럼 탐심탐욕을 버리고

떠가는 구름처럼 걱정덩이도 내려놓고
나무와 더불어 살다 가라 한다

갈밭나루에서

나무가 어깨를 나란히 하며 자라야
숲을 이루고 강을 낳는다
그 강물이 고여 있다가
바다로 흘러가며 그리움을 낳는다

밤이 깊어도 잊지 못해 달려오는
산등성이 위의 별 하나,
어떤 때는 저녁 밀물처럼 오기도 하지만
또 어느 때는 눈 깜짝할 사이에
강물 위에 햇살비늘 떨쳐대며 찾아온다

하늘을 나는 새처럼 잡아둘 수 없지만
내 곁에 다정한 사람,
달이 되어 샛문을 열고 살며시 찾아온다
바람이 잠든 숲속 길섶에
내 삶의 따스한 눈물로 패랭이꽃을 피운다

보아라, 백목련 눈부신 하늘 아래

나무가 어깨를 나란히 하며
싱그럽게 숨 쉬고 있는 자유의 숲속을
꽃잎을 열며 몸부림치는 저 불꽃들을

그래도 하늘의 별은

바람을 맞으며 꽃이 피었다가 지듯
참말로 눈물나게 그립고
가슴 저미도록 서러운,
첫날밤을 치른 지 백 일만에
서방을 전선으로 떠나보낸
참선내기댁의 애간장 찢어지는 얘기지

탱자나무 울타리 밑 우물가에 앉아서
눈물을 흘렸다가 삼켰다가 하는,
문신처럼 달 속에 새겨진
각시꽃 사랑은 지워지지 않는구나

꽃비 내리는 날 사부작사부작
은핫가에 별들을 심어 놓고
홀연히 바람처럼 떠나간 사람이여
어둡고 시린 밤하늘의 별들이
날이 새도록 눈 깜박이며
새벽 길섶에 눈물을 흘리는구나

화엄사 홍매꽃 질 때

화엄사 홍매꽃 나비와 입맞춤하고
땅 위에 선홍의 몸뚱이를 던지듯
사랑하는 사람아, 네 마음도
밤새 타오르는 촛불처럼 태워서
인연의 먼 바다에 서슴없이 던져 버려라
그토록 애타게 그리움을 앓다가
바람을 따라 홀로이 가려면
별빛 하나 켜들고
검푸른 물결을 헤쳐 저 작은 섬으로 가라
그래도 사랑이 저리도록 아프고 괴롭다면
칼끝에 도려내진 마음 한 점 어둠 속에 심어 놓고
바람도 불지 않는 해탈의 하늘바다로 가라
달도 저문 하늘을 바라보며
맘 한가운데 무지개를 품고 울던 두견
목쉰 울음소리마저 끊기면
적연히 이슬방울 되어 꽃잎에 내려 앉아라

기도하는 새

오늘도 바위에 덩그러니 앉아
바람을 맞으며
우상의 껍질에게 기도를 한다
하루라도 더 행복하게 살고 싶어
엎드려 절도 하며 주문을 외운다
그런데도 하늘의 구름은 걷히지 않고
소슬바람이 가슴을 파고들면
쓸쓸한 미소마저 노을바다에 버린다
스스로 마음에 칼질하며 써 놓은
녹슨 좌우명마저 팔매질로 던져 버리면
수절하며 앉아 있는 돌부처
밤을 새우며 목어를 두드리고 있다
나뭇가지 위에 앉은 목청 고운
새들도 어둠 속으로 날아가고
어눌한 말씀으로 다가왔던 깨우침의
꽃, 바람에 힘없이 떨어져 울고 있다
잎새마저 바다를 향해 날려 버리면
그제서야 푸른 하늘을 향해 거추장스럽게

온몸을 감싸던 것들을 다 털어 버리고
자유의 날개를 펼쳐 훌쩍 날아오른다
텅 빈 바위 위에는 새똥만 가득하다

추회追悔의 어느 날

- 옥매를 보며

소쩍새 울음 하늘가에 흩어지는 날
너의 웃는 얼굴을 보고
돌아서야 하니, 벌써부터
그리움이 낙엽이 되어 쌓이는구나

푸른 비단 같은 강물이
떨어져 내리는
꽃잎을 품고
서녘들판을 가로질러 가면

꿈을 잃고 헤매던
젊은 날의 찢기는 아픔
속속들이 간직한 사랑의 잎새들도
바람 따라 가을 속으로 가버린다

청아하고, 큰 슬픔을 간직한 새일수록
초라하게 울지 않는다

떨어지는 꽃잎이 바람에 쓸려가도

살아온 삶이 서럽다고 울지 않는다

옛 성터에서

노오란 달빛이 스산하게 비치는
폐허의 옛 성터, 세월의 이슬 묻어
파란 이끼를 두르고
눈을 뜨고 있는 기와 한 조각,
그 옛 역사의 애환을 또렷이 간직하고
해마다 떨어진 낙엽과 함께
땅속에서 천 년을 울다 깨어난다

먼저 이 세상에 왔다가 먼저
이승을 떠난 이들의
따스하고 아늑한 숨소리,
천 년 바람에 생생히 다시 살아나
창연한 망루 처마 끝에서
울리는 그윽한 풍경소리
호국무사의 말발굽소리와 함께
비 내리는 성터에 처량하게 맴돈다

거문고 소리에 연이 날던 날

푸른 하늘의 별을 찾아
유유히 날아가는 새를 바라보며
바람타고 거슬러 올라가는 연
생을 다하기 전에 만나야 할
인연의 줄을 당기다가
죽지 못해 날던 날개를 접어버리고,
기도하는 마음조차 잃은 채
초련의 쥐불놀이가 끝나 버린 후
들판을 먹어 버린 어둠 속에 숨는다

얽매인 관습의 줄을 끊고 달아나려다
옛 성곽 위 나뭇가지에 걸린 연
밤새껏 몸부림하며 울어대다가
새벽녘 갈대밭에 눈물을 뿌린다
구름 속에 빼꼼히 고개를 내밀며
숨죽이고 다가오는 하현달
은하에 놓인 숙명의 거문고를
애터지게 진양조 장단으로 튕겨댄다

노자의 길에서 만난 철학자와 죽음

겨울비가 주룩주룩 내리는 날
어쩌다 찾아오는 자식들 정이 그리워
목이 빠지도록 기다리던 노인
눈물을 비에 섞어 창문에 뿌리고 있다
한동안 보이지 않던 이웃집 노인,
요양원 빈 하늘만 바라보며 쓸쓸히 웃는다
그러다가 몹쓸 코로나역병을 맞아
하얀 석고처럼 굳어 버린 몸뚱이
무명업화* 불구덩이에서 사른 후
목숨처럼 사랑했었던 아내와 자식 모두
명명冥冥한 바다에 까맣게 던져 버리고
바람 따라 하늘로 돌아가 버렸다
삶은 고통의 길이며 허무의 꽃밭이라며
괴로움을 참고 그 길을 가다 보면
꽃은 반드시 어둠을 이기고 피어나
백리미향百里美香을 풍긴다던
그 노인, 아직도 노자의 낡은 책을 끼고
먼 하늘 가리키며 언덕길을 가고 있을까

* 무명업화無名業火 : 깨우치지 못하고 번뇌에 얽혀 짓는 악업을

불에 비유함

아버지의 빈 지게

안개비가 소리없이 내리는 날
바람도 따라갈 수 없는
높푸른 하늘로 돌아가신 아버님

바람소리 그치지 않는 이승에선
두 어깨에 늘 무거운 짐 짊어지고
굽이진 비탈길을 걸으셨던 아버님
그 삶의 무게를 지탱했던 지게
오늘은 다 비워 버리고 빈 채로 남아 있네

차디찬 바람이 불면 쓸쓸한 바람길을
거친 눈보라가 닥쳐오면 하얀 눈길을
끝이 없는 고갯길에 눈물 뿌리며
넘어지고 미끄러지면서 걷고 또 걸었네

남풍이 불면 꽃길이 먼 곳으로부터
무지개 무리 지어 번져오는데
텅 빈 지게만 남겨 놓고

흩어지는 바람처럼 가고 아니 오시네

갈 길은 멀고, 등에 져야 할 짐은
늘 무겁기만 한 아버님의 빈 지게,
그 하얀 그림자가 대청호에 몰려와
바람이 불면 몇날 며칠을 지새우며
싸락눈 내리는 발소릴 내며 울고 있네

제4부

바람이 불어도 하늘은 푸르다

회룡포에서 보낸 편지

얼마나 그리웠으랴
여울물이 마을을 돌아 다시 마을로
휘돌아 흐르는 회룡포 물굽이,
마을 앞 소나무 잔가지에 푸른빛 일어
산까치가 나무에 앉아 지저귈 때면
쑥부쟁이꽃, 슬픈 사연의 노래를 안고
민들레꽃 진 자리에 다시 피곤 했지

건넛마을 스무 살 초시댁 처자가
낙동강 전선에 서방님을 떠나보내고
눈이 무르도록 밤새워 울었다던
가슴이 무너지는 그 뼈아픈 이야기를,
박꽃이 비스듬히 지붕 위에 누워
눈물을 감추면서 가랑비로 다독거렸었지

사랑도 이별이 남긴 어둠을
덮을 수는 없었던가,
꽃들도 시들어 그 쓰라린 세월 물결따라

굽이쳐 흘러갔다 돌아오지 않는데
그리움과 외로움, 씨줄과 날줄로 엮어져
한데 엉겨붙은 얼룩진 창가엔
쓰다만 편지가 남아서 별이 뜨고 달이 뜬다

산장의 눈꽃

흰 눈이 겨울호수에 내리면
밤하늘에 별들로 태어나
수정빛 뿌리며 눈을 깜박거린다
눈이 내려 바람에 쓸려 가는데도
텅빈 홀에서 바이올린을 켜는 여인,
저 숱한 세월 얼마나 많은 눈을 맞으며
찬바람과 함께 살아왔는지를,
퍼렇게 멍든 가슴을 사정없이 활로 문질러
쇼팽의 이별곡을 허공에 날려 버린다

얼어붙어야 피어나는 눈꽃
사랑을 잃어버린 자들이 걷는
외길 위에 낙인화로 피어 있는 꽃

춥고 험난한 무극의 사랑은
설빙 위에서 더 빛난다,
발걸음 딛는 곳곳이
눈보라 몰아치는 광활한 설원에

굶주린 북극곰이 남긴 발자국,
그 자랑스런 흔적 빙하 위에 또렷이 박혀
눈물로도 지울 수 없다

재생을 위해 두 손 모으고 기도하지만
나뭇가지에 쌓인 눈꽃은
솔바람에 쫓겨나 갈 곳을 잃고
창문을 두들기며 온몸을 떨고 있다

망우리 흰제비꽃

겨울 산수유 가지 끝에 매달린
빠알간 열매가 흔들거린다
흔들리는 그 빈 하늘을 향해
누가 맞을지도 모르는 돌팔매질을 해 본다

돌은 이내 허공을 날다가
비상하는 꿈을 잃어버리고
흰 눈이 녹아 버린 무덤 위에 떨어져
흰제비꽃으로 피어나 서러이 운다

장엄하지는 못했어도 어쩔 수 없는
탄생이 가져온 치욕적인 역사의 길,
너무도 애달픈 삶의 한랭전선이
검은 구름을 몰고와
낙락장송이 눈보라를 맞으며 휘청거린다

얼어붙은 강은 물소리도 들리지 않는다
어디선가 들려오던 이별의 곡이 끝나면서

숲속 작은 통나무집에 촛불이 불을 밝힌다
그러자 뼈를 깎는 한기가 숲으로 달아나고 있다

죽음에 이르고야,
간밤의 어둠을 물리치고 피어난 삶이
그래도 얼마나 아름다운 것이었더냐고
짐승 같은 울음을 운다
묘비마저 쓰러진 폐허의 그 무덤가에서

서럽게 울던 흰제비꽃이
하늘만이 보아주는 꽃손을 내민다
아침 이슬 마를 때가 되면, 허무한
이 하얀 꽃잎 접고 나비처럼 날아가리라 한다

폐교 마당에 망초꽃 울다

낙엽이 지는 시골, 폐교된 앞마당에선
일제 강점기 나라를 잃고
울분을 터뜨리던 소녀의 울부짖음이
망초꽃으로 피어나 울고 있다
긴 세월 안으로 꾹꾹 마음 눌러 살아온
목공의 톱날에 잘리면서 탄생된 소나무 장승
혼을 잃어버리고 바람소리에 흐느껴 운다
'삶이 왜 이리도 모질더냐'며 땅을 치던
주막집 드무실댁의 심장을 울리던 첫 장닭울음
지금도 새벽달을 깨우며 목청껏 울어댄다
강토를 빼앗기고, 나라 깃발도 잃어버리고
단군부터 대대손손 내려온 민족혼 담긴
우리 말글과 성씨마저 말살되고 짓눌림당하여
남몰래 가슴 두드리며 통성대곡하던 그 울음
절간에 매달린 풍경의 텅 빈 가슴을 때려댄다
숱한 세월 흘러, 소녀의 혼은 장승을 닮아
소리 없이 울고 있다, 먼 세월 그믐달과 함께
걸어왔던 모질고 쓰라린 우리네 삶의

역사적 뒤안길, 잡초 우거진 폐교 마당에서
망초꽃이 주룩비를 맞고 서러이 울고 있다

때죽나무꽃

봄비 내리는 날 산문을 지나
굽이진 산길을 내려오다 보면
겨울에 쌓여 있던 흰 눈 사라진 자리에
서방을 전선으로 보내고 밤마다 흘린
눈물로 피어난 때죽나무꽃

아무에게도 말도 못하고 흔들리다
애솔나무 곁에 살며시
얼굴을 내미는 때죽나무꽃의 비밀수첩
너는 아는가, 첫사랑 영혼의 빛을
멀리 있어서 더 그리운 사랑의 빛깔을

가루비 뿌리고 간 잿빛하늘에
발자국 하나 남겨 놓고 떠난 그대의
가슴에 피어 있는 때죽나무꽃,
돌장승이 눈물에 젖어 지새우는 밤
꽃잎은 소리없이 수직으로 떨어져 내리네

오늘은 비가 내려 여울물소리 적셔진
깃발을 나부끼며 울지만,
맑은 날 하늘에 낮달이 얼굴 내밀면
까치발로 다가와 별이 질 때까지
하얀 나비를 기다리리, 때죽나무꽃

그대 오시는 길에 달아 놓으리라,
바람을 타고 벽을 넘어 눈물겹게
첫사랑이 찾아왔던 발자국 소리와 함께
조용히 울리는 산사의 그 하얀 종을

배오개 가던 길가의 배롱나무꽃

잔잔한 호수에 내려온
달의 입술은
바람에 젖어 흔들리고
가야금소리 따라 흐르던 별은
빛을 안고 찾아와
홀로 창밖에 얼굴을 내민다

사변 나던 해 추석을 앞두고
기약 없이 전선으로 떠난 낭군이
남기고 간 사랑의 꽃잎, 타오르는
장작불을 호숫물로도 꺼뜨리지 못하여
고독하게 날을 새운 별들이
대수풀 바람과 함께 울어댄다

캄캄한 골짜기에서 꽃이 피었다가 지듯
변함없이 솟아오른 햇살이 다정히도 다가와
대서의 햇살보다도 뜨겁게 불태우는
배롱나무꽃, 짙은 향 뱉어내며
선락禪樂의 춤을 더덩실 추고 있다

달빛 속의 산수유

눈보라 몰아치던 기인 겨울날
나무는 순결을 지키며 서 있다가
임이 보낸 따스한 입김을 만나면서
노오란 꽃문둥이 낳고서
벌들을 불러 달꽃잔치를 벌이고 있다
그걸 안, 문풍지 울리는 바람
봄보다 먼저 달려와
달빛 속에 가는 길을 멈추더니
대숲에서 사악사악 축하 연주를 한다
저 혼자 굽이쳐 흘러가는
벽강의 눈썹 밑에선
그 종착지가 행복인지 불행인지도 모르는
은빛물결이 살춤을 추며 바다로 간다

지리산 동백은 바람 따라 흘러가고

울다가 지쳐 떨어지는 지리산 동백은
빨치산에 임을 잃은
젊은 과부댁의 붉은 눈물이다

역사는 그리도 잔인하게 이념의
피를 보고야 동백을 피우는 것인가,
핏물이 산하를 물들였던 그 쓰라린 세월 속에
뼈마디 저미는 사랑을 불태워 보지 못하고,
피아골 원혼 되어 뻐꾸기울음을 울던 사람과
서방 자식 잃고 골골이 장터 마당을 헤매며
눈물빵을 먹으며 울먹이던 사람들, 모두
고뇌의 돌장승으로 우두커니 서서
핏빛 물든 저녁 해를 바라보고 있다

백팔번뇌를 하며 흐르는 저 죽음의
강물 앞에서, 사상이 무엇인지
행복이 어디서 오는지를 말하지 말라,
하루에도 몇 번씩 푸르고 붉은 물결을

번갈아 흘려보내며 울던 섬진강,
저리도 피맺힌 아픔의 기억을 쓸어 모아
흙탕물만 뻑뻑하게 흘려보내고 있는데
아무도 모르게 바람에 지는 동백만 서럽다

세파질풍에 붉게 지친 지리산 동백은
가족의 빵을 위해 몸을 던지던
젊은 과부댁이 피 토해낸 슬픈 꽃잎이다

처용의 하늘

눈물겹기로 하자면
처용의 별이
서글프게 뜬 텁텁한 하늘이었지

컴컴한 바다가 울부짖는 소릴 듣고도
처연히 돌아서서 쓸쓸한 웃음짓는
용서의 탈, 몸살 나도록 춤사위를 하면서
시뻘건 꽃잎을 열고 놀던 그미에게
유두날 살풀이하듯 눈짓을 보냈었지

나비와 놀던 그 꽃술이 시치밀 떼며
푸르딩딩한 새벽하늘을 바라보고 있지만
동해에서 부는 찬바람은 너무 쓰라리다

그래도 못 잊을 건 첫사랑이라
구름 뒤에 조용히 숨어 있어도
맘 한곳에 착잡하게 남겨진 별
가슴을 두드리며 회한의 눈물을 흘린다

황촉불 타오르는 자야子夜의 깊은 밤
처용의 소맷자락에 간들바람이 찾아들면
별들이 죄진 듯 쌀쌀하게 깜박거린다

살구꽃 필 때

간밤에 하룻밤 묵었던
땅 위의 그리운 이를 만나고자
나뭇가지 위에 내려앉았네

꽃길보다
사랑의 가시밭길 위를 날아다니는
슬프고도 아름다운 새여,
연분홍 너의 옷고름 풀어내어
휘영청 달빛 속에 흩날리는
사랑의 핏빛 섞인 눈물가루
참으로 쓰라리고도 영롱하구나

극락정토 선녀가 날개를 펴고
바람과 함께
소맷단이 찢기도록 춤을 추고 있네

목십자가 앞의 군상들

달빛 젖은 밤 묵도를 올리며
이슬 머금고 핀 꽃은 더 향기롭다
영을 넘고 물 건너
황금송아지를 찾아 헤매다 돌아온
탕자가 인간 욕망의 끈을 풀며 켜 놓은
구원의 촛불이 삭연히 타오른다
십자가 언덕의 종을 치며
신을 향해 포도주를 따라 올리고
고해성사를 하며 동방의 별빛을 찾는다
전몰자묘역 목십자상 앞에 선 군상들이여,
폭정의 망치에 부서질지언정
영롱한 흰빛을 고칠 수 없는
옥가락지의 그 결백과 바위 같은 믿음,
초원의 땅에 자유의 종을 울리리니
흰 백합이 되어 돌아오라
막막하기만 한 황무지길을 벗어나서
불의와 권부의 유혹을 물리치고, 온전히
사랑의 풀잎만 뜯는 순한 양으로 돌아오라

각시무덤 할미꽃

윤삼월 이팝꽃이 흐드러지게 피던 날
꽃상여를 타고 저승길 가신
배말할미의 무덤가에 홀로 핀 할미꽃,
오는 길 가는 길 바람이 불 적마다
그동안 이승에서 별일은 없었냐고
반가이 안부를 물으며 고개 끄덕인다

젊은 나이에 소박맞고 눈물짓던
가여운 영혼이 환생되어
몸도 맘도 뭉그러져 고개 숙인 꽃,
햇발 아래 참빗으로 흰 머릴 빗고
호롱불 켠 채 한숨으로 날 새우며
그 잘난 서방님을 기다리며 기도하는 꽃

동짓달 진골마을에 첫눈 내리면
수절 지키며 울던 할미의 혼,
하얀 새가 되어 푸른 솔가지 위에 앉아
동그랗게 달이 사라진 하늘 보며

어미를 잃은 새처럼 흐느끼고 있다

누가 육신이 죽어 사라지면
단심의 사랑도 죽어진다고 했는가

봄비 따스하게 내리면 꽃가슴을 열고
첫날밤 그 사랑 못잊어
나비와 같이 하늘을 날아다니다
각시무덤가에 다시 피어나는 가엾은 할미꽃
청승맞게 고개를 떨구며 눈물짓는다

사월의 하늘

누가 촛불이라 했던가, 부끄럼 없이
하늘을 향해 타오르는 용기의 네 이름을,
밤낮을 가리지 않고 뜨거운 심장을 덥혀
너를 지켜준 어머님, 그 어머님을 위하여
몸뚱이가 숯덩이가 되더라도
아파하지 말고 눈물도 흘리지 말고
정월 대보름날 흉액을 창호지에 곱게 싸서
성냥불로 훨훨 태워 바람에 날려라
몸도 마음도 티끌 없는 삶의 길을 걸었다면
너의 목숨 소신공양의 성불의식이 끝난 후
그 영혼마저 안타까워하지 말고 하늘로 날아가라

노을이 붉은 색칠하며 저지르고 간
피범벅이 된 이 강토에 민국의 민초들이
피눈물을 쏟으며 혁명의 꽃 피우던
자유의 푸른 불꽃 드높이고
역사의 강물에 정의의 횃불을 던져 버려라
그리고 검은 심장을 태워 하늘에 날려라

은하수 등대 옆엔 희미하기는 하지만
십자가의 길도 보이고 도리천의 길도 보인다
태워 버린 몸뚱이 하나야 작은 광채의
사리로 남을 것이니 의연히 진리의 길로 가라

술잔에 떨어지는 별

바람과 함께 찾아온 어둠을 마다 않고
밤하늘을 기다려왔던 별들은 저마다
걸어온 첫사랑 흔적 남겨진 길을 찾아
조각배를 타고 돌고 돌다가
삼백 예순 날 참고 참아온 눈물을 뿌린다

이담에 세월 멀리 흘려보낸 후에도
다시 엮어야 할 질긴 인연의 실타래
하늘의 베틀에 걸어 푸른 비단천 짜서
임 오시는 길에 깔아드려야지,
까치가 밝혀 놓은 오작교 초롱불빛 따라
그 운명의 다리를 건너서
하루 만나 얼싸안고 헤어져야 하는
슬프고도 쓰라린 사랑 너무 애달프구나

밤새도록 꿈속에서 다정히 걸었던 추억의
그 길에서 어둠을 이겨왔던
자신을 태우는 등불을 켜들고

길섶에 핀 하얀 꽃잎들을 은하바다에 떨군다
술잔에 떨어진 눈물과 함께 별이 되어
울음소리마저 들리지 않는 우주 속을 돌고 돈다

바람 불어도 하늘은 푸르다

하얀 날개옷을 입어라, 선녀야
그리 않으면 푸른 하늘을 날 수 없단다
찬바람 세차게 부는 먼 길 헤쳐 온
기러기 털을 뽑아 실을 만들고
직녀의 베틀로 사랑의 씨줄과 날줄
올올이 엮어 짜낸 은빛천 날개옷을 입고
세상 근심 다 덜어 버리고
푸른 달밤의 하늘을 훨훨 날아라
우리네 몸뚱이는 바람 따라
허공중에 떠도는 고독한 구름,
불상 앞에 합장하며 찬불가를 부르고
십자가 앞에 참회의 기도를 올려도
덧없이 흘러가는 것이 삶이 아니더냐
하늘나라에 살던 어여쁜 선녀야
저 어둠 속에서 쇠사슬에 묶인 채
쇳물 펄펄 끓는 지옥으로 향하는
탐욕에 눈먼 저 위정의 무리들을 보아라,
이 땅에서 누렸던 왕비자리를 내려놓고

찬란한 금장구를 단 비단옷도 던져 버리고
검은 돌덩이 같은 욕망도 다 버리고
날개옷 걸쳐 입고 하늘로 가 살자

바빌론의 강가, 그 자유의 노래

푸른 대지 위에서 인간욕망의 칼날에 의해 자행된
추악한 행위의 그림자는 역사의 썩은 껍질이 되어
바빌론 강가의 달빛과 함께 하얀 물거품으로 떠 있다

망각의 눈으로 대지를 덮는*다 해도
영원히 덮을 수 없는 것은 자유의 진실을 위해
목숨도 던질 수 있는 차갑고도 비장한 눈동자와
노을빛 하늘을 바라보며 절규하는 대서양
아프리카 바다의 울부짖음은 덮어지지 않는다
검푸른 파도치는 바다그리 항구에선 아직도
노예상들에 끌려가는 노예들의 검은 눈물과
처절한 한숨소리가 방파제에 부딪혀 울고 있다

전쟁과 빚, 그리고 범죄전과자들에게 씌워진
천형의 올가미 노예라는 낙인, 거기엔 최소한의
인권과 한 자락의 행복의 빛도 허용받지 못했다
다만 어둠에 갇힌 노예선 화물칸에서
굵은 쇠사슬에 발이 묶인 채

짐승에게 먹이 주듯 던져주는 차가운 밥 한 덩이만이
목숨을 연명하는, 애절하고 간곡한 바램이었다

그 모래알 같은 밥 한 덩이 눈물로 받아먹고
간간이 비쳐오는 햇살 한 줄기를 바라보며
전에 고향의 선교사가 불러주었던 구슬픈 구원의 노래
아베마리아송을 웅얼거리며 천국으로 가는 꿈을 꾼다
모든 것을 하느님의 손길과 운명에 맡기며
맘씨 좋은 카카오농장 주인이라도 만날 수 있게 해달라고
상처난 두 손을 움켜쥐고 간절히 기도를 올려 본다
드디어 히브리 노예들의 합창*이 구름과 구름 사이에서
장엄하게 천둥처럼 울린다, 자유의 빛도 함께 비쳐온다

자유는, 자유를 지킬 수 있는 능력을 가진 자만이
자유를 쟁취한 징표를 목에 걸고
피비린내 속에서 쟁취한 행복의 맛을 볼 수 있다
이 갈망의 처절한 복음을 가슴에 새기며
바빌론 강가에서 장엄하게 울리는 합창소리를 듣는다

자유여 영원하라. 악마의 요령소리 물러가고
하늘에서 울리는 광명의 종소리여, 검푸른 바다에서
금빛 물결치는 파도처럼 일어서 노래하라

* T.S 엘리어트의 「황무지」에서

* 베르디의 오페라 : 바빌론에 끌려와서 강제 노역에 시달린 히
브리 사람들이 유프라테스 강가에서 고향을 그리워하며 부른
희망의 노래. 주인공 나부크는 신에게 용서를 구하는 기도를 올
린 후, 군사를 일으켜 승리를 거두어 위기에 처한 딸을 구하고,
우상을 파괴하고 유대인을 해방시킨다.

윤회의 바람과 별들의 반짝임

우주 속 고요를 읽어낸 풀벌레가
절간 독경소리를 들으며
저승 가는 길가에 서성이다
구름 사이에 뜬 별을 바라본다

눈발처럼 쌓인 삶의 고통이
가지 끝을 짓누르더라도, 내 짊어진
무게를 낮추고 때를 기다려야 하리
겨울을 견뎌온 댓잎사귀에 스치는 바람이
윤회의 길을 따라 들판에 불어오면
햇볕이 보내는 사랑 향내를 쏟으며
산고를 참고 꽃잎을 연다, 흰 나비가
텃밭을 날다 촉수를 내밀고 꿀을 찾는다
이내 가을 하늘에 홍시가 덩그렇게 매달린다

이제는 하늘로 뻗은 욕심을 비워 버리고
그 무거웠던 낙엽의 옷도 벗어 버리고

바람타고 대숲의 벽에서 벗어나니
외로운 산길이 나무들 사이로 열린다
눈물의 역사와 함께 흐르는 강물이 보인다
생의 마지막 장에 떠 있는 새벽별도 보인다

아, 그렇구나, 그 어둡고 긴 밤의 궤적도
자유의 바람이 주는 행복의 길이었다는 것······
그 자취 묘비 위에 차곡차곡 새겨 놓으니
별들은 나뭇가지에 앉은 눈꽃처럼 빛난다

작품 해설

|

그윽한 자유에 이르는 둘레길

이상호 (시인, 한양대 명예교수)

1. 사과 같은 시를 위하여

"시에 관한 정의의 역사는 오류의 역사이다." 나는 시론 수업 첫 시간에 시를 정의한 자료를 살피는 과정에서 T.S. 엘리엇의 이 반어형 개평을 먼저 소개하면서 학생들의 관심과 반응을 불러일으키곤 하였다, 이 말을 어떻게 받아들이면 좋겠냐고. 말 그대로 이해하자면 어차피 오류 하나를 더 보태는 일일 테니 아예 정의하기를 포기해야 하는가, 아니면 그러더라도 또 새로운 도전을 해야 하는가? 물론 예술 차원에서 새로운 도전은 무엇보다 소중하니까 계속 이

어가야 마땅하다. 그런데 여기서는 그와 더불어 '관점'의 문제로 접근할 필요도 있음에 유의해야 한다. 시에 관한 온갖 정의들은 관점에 따른 차이이므로 보기에 따라서는 다 맞거나 틀릴 수도 있다는 것. 다시 말하면 엘리엇의 개괄적 평가에는, 일정한 정의 내리기가 불가능한 인간과 그 삶을 표현하고 노래하는 게 시라는 양식임을 상기하면 시에 대한 정의 역시 모두가 일치된 견해를 갖거나 고정된 정의를 내리기 어렵다는 점을 강조하려는 뜻이 들어 있다. 다음의 반문은 이런 복합적인 의미를 떠올리게 한다.

시란 무엇인가? 뭉크의 절규하는 하늘처럼/어둠이 짙게 깔린 이 사회에/탱탱한 아름다움과 과즙을 제공하는/잘 익은 사과나무 같은 역할을 할 수 없는 것일까?

정근옥 시인은 일곱 번째로 새 시집을 엮으면서 '시인의 말' 둘째 문단에 위와 같은 자문자답 식의 시적 인식을 밝혀 놓았다. 시가 아닌 진술을 시처럼 표현하고 분절하여 미끄러지지 않고 꾹꾹 눌러 읽기를 바라는 마음을 새겼다. 그만큼 그는 시인으로서 치열하게 자기 성찰과 고민에 들어 있다. 각 시인의 시집들이 각양각색이듯이 '시인의 말'을 어떤 형식과 내용으로 꾸미느냐는 전적으로 그 시인의 취

향에 달려 있는데, 지난번 시집까지 참고하면 정 시인은 이런 유형으로 자기 시심의 속내 밝히기를 좋아하는 듯하다. 어떻든 이 진술을 통해서 우리는 시인으로서 갖는 그의 꿈과 자아실현의 한 방향을 가늠할 수 있다.

이 말을 좀 더 구체적으로 뜯어보면, 시인 정근옥의 고뇌와 갈등은 근본적으로 예술로서의 시라는 양식에 대한 성찰에서 비롯된다. 이를테면 그가 마음에 새기는 두 지점인 '어둠이 짙게 깔린 이 사회'와 '탱탱한 아름다움과 과즙을 제공하는 잘 익은 사과나무 같은 역할'이라는 구절에 따르면 그는 이른바 문학의 사회적 기능과 유희적 기능 사이에서 갈등한다. 단순하게 보면 그의 시심은 어두운 현실 인식에서 싹터 궁극에는 그 어둠을 몰아내고 세상을 밝히는 방향으로 열려 있다. 그리고 여기서 한 걸음 더 나가면 그 꿈을 어떻게 시다운 시로 빚어내느냐 하는 문제가 관건이 된다. 이 점에 대해 시인은 '탱탱한 아름다움과 과즙'을 제공할 수 있는 '사과'라는 말로 암시한다. 즉 그는 훌륭한 예술적 표현(아름다움)으로 사회적 쓰임새(과즙)의 효율성을 드높이는 길을 찾는 것을 시 짓기의 목표로 삼는다. 말하자면 맛있어서 사과를 즐겨 먹었더니 영양가를 많이 섭취하여 결과적으로 건강에 도움이 되었다는 귀납적 논리 같은.

물론 이 경지는 예술인들에게는 최상의 위상인 만큼 아

무나 오르기는 쉽지가 않다. 좀 어폐가 있는 대비이지만, 순수(자율성)와 참여(타율성) 두 파당으로 갈려 갈등과 반목으로 오랜 논쟁을 겪은 우리 문학사가 증명하듯이 형식과 내용 문제는 예술적으로 적절히 조화되기가 무척 어렵다. 만약 맛좋은 사과 같은 품격으로 작품을 빚을 수만 있다면 굳이 형식과 내용의 가치와 우선순위를 따지고 서로 싸우는 일은 부질없어질 것이다. 위 인용문은 정근옥 시인의 예술적 신념과 갈등과 고민도 이런 문제에 닿아 있음을 보여준다. 그래서 시 짓기의 숙명과 그 어려운 과정을 굳이 새삼스레 성찰하고 자문자답하며 깊이 숙지했다고 하겠다. 이런 심사숙고와 결의를 작품으로 뒷받침하려는 듯 시인은 다음과 같은 시를 시집의 첫머리에 배치하였다.

겨울을 흐르는 강은 어둠 속에서
스스로 길을 만들어 외로이 흘러간다

별빛을 머리에 이고 한 번 간 적 없는
메마른 사막길을 홀로 헤쳐간다

사랑하는 사람과 함께 길을 걸어도
세월이 할퀸 상흔이 화석으로 남아

꽃잎 흔드는 바람이 불면

가슴은 늘 멍이 들어 쓰라리다

흰 물결 흐르는 강물 위에서

가랑잎 목숨 한 점이

캄캄한 빛을 밀어내고

은하를 떠가는 별이 되어 반짝거린다

- 「하얀 강」 전문

　이 시는 2행씩 6연 총 12행 구성으로, 행수율(각 연마다 규칙적인 행수)을 지킨 자유시이니 엄밀히 따지면 정형성과 자유형을 버무린 절충형이자 중간 형태이다. 이는 제재인 '하얀 강'이 중의적 표현으로 이루어진 점에 호응한다. 지상에서는 겨울의 얼음 언 강이고, 천상에서는 은하를 가리키는 두 세계를 대비해 시상을 전개한 이 시는 비극적인 지상계와 희극적인 천상계가 나란히 흐르게 하고 역사와 존재가 그 선을 잇는 형태를 취하도록 구성하였다. 이 수평과 수직의 엇갈린 흐름을 통해 시인은 역사든 그 역사를 만드는 인간이든 우여곡절을 겪으면서도 이상향을 향해 진전하고 정진해야 할 당위성을 선명하게 그려냈다.
　이러한 세계 인식을 보여주는 주요 심상을 간추리면 이

번 시집을 통해 시인이 추구한 시적 세계의 형상을 대체로 가늠할 수 있다. 그러니까 이 시는 이번 시집을 안내하는 이정표 노릇을 한다고 볼 수 있는데, 그 요점은 지상과 천상 사이에 부유하는 존재 상황을 통해 확인할 수 있다. 첫째는 시간과 공간, 또는 역사 인식; 겨울 강(현재 시공간), 메마른 사막길(현재, 미래), 세월이 할퀸 상흔(과거, 현재와 미래 예감), 고독과 고통 속에서도 진전하는 역사. 둘째는 존재 인식; 사랑하는 사람과 함께 길을 걸어도 과거의 상처와 현재의 시련으로 인해 가슴 쓰린 가랑잎 같은 목숨을 지탱해야 하는 존재. 셋째는 천상계; 역경과 시련에 든 지상 상황(역사)과 존재에게 꿈길을 열어주고 견딤의 힘을 배양하는 별. 이렇게 시인은 역사든 역사 형성의 구성원이든 어떤 고난 속에서도 반드시 존속하고 진전되어야 할 운명을 지니며, 또 그 운명의 끈을 놓치지 않는 힘은 하늘의 별을 통해서 암시받고 있다고 하였다. 어두울수록 별이 더 반짝이는 것처럼 시인은 냉정한 역사의 강에 떠서 외로이 흘러가는 가랑잎 같은 존재라고 인식하면서도 스스로 은하에 떠가는 별이라 여기며 끝끝내 살아남아야 할 존재의 당위성을 강력하게 일깨운다. 이러한 비극적인 세계와 존재 인식이 시심을 자극하고 초월적 상상력을 불러일으켜 작품을 빚어내게 했는데, 시인은 이것을 다양하게 변주하여 70편의 작품에 담아냈다.

2. 비극적 세계 인식과 짙은 공동체 의식

정근옥 시편에서 먼저 눈여겨볼 대목은 서정시에서 흔히 사용되는 1인칭 단수 대명사인 '나'를 사용한 경우가 거의 없을 정도로 희귀하다는 점이다. 일기나 편지 형식처럼 생략한 형태로 된 것도 찾기 어려운데, 구체적으로는 다음과 같은 3가지 유형이 총 4번 등장할 뿐이다.

> **나**를 서글프게 눕힌다 … **내**가 **나**를 소홀히 대할 때
> – 「성에꽃」에서
> **나**만이 사랑했던 서글픈 분신의 탄생
> – 「도반의 강에서 시를 건지다」에

여기서 보면 가장 흔한 주격 '나는'으로 시작하는 경우는 전혀 없다. 그 대신에 '내가' '나만이' 형태가 두 번 사용되었다. 수록된 작품 70편 가운데 단 두 편에서 '나'라는 말이 사용되었으니, (다른 시인의 시집들을 조사해보지는 않았으나) 거의 유래를 찾아보기 어려우리라 짐작된다. 1인칭 대명사의 복수형인 '우리'라는 시어도 빈도가 조금 더 많아

모두 11번 정도 사용되기는 했으나 용례는 거의 비슷하다. 예컨대, '우리 삶 길'(「물고기의 다비식」), '우리의 삶은'(「바다 풍경이 있는 세한도」), '우리는'(「봄길 위에서」), '우리 누님의'(2회, 「냉이꽃 핀 길가에서 1」), '우리들처럼'(「성에꽃」), '우리나라' '우리가 걷는 삶의'(「곰배령 억새의 푸른 추억」), '우리 말글과 성씨' '우리네 삶의'(「폐교 마당에 망초꽃 울다」), '우리네 몸뚱이는'(「바람이 불어도 하늘은 푸르다」) 등이 전부이다. 이 역시 주격으로 사용된 경우는 드물다. 그렇다고 서정시 계열의 작품이 없지도 않음을 참작하면 이 형태는 정 시인의 시적 표현의 독특한 버릇style일 수 있다. 여기에 좀 더 의미를 부여하자면 세계를 자기중심적 시각보다는 공동체적 입장에서 성찰하려는 의지가 강력하게 반영된 결과로 볼 수 있겠다.

중생의 삶은 더럽고 차가운 바람에
사랑마저 잃어버리고
덧없이 스러지는 갈대꽃이던가

그물에 걸려 헐떡거리는 물고기
①오늘은 어느 밥상을 위하여
거룩한 다비식을 치르고 있을까,
②장작더미에 솟아오르는 불꽃은

선善의 불꽃인가, 악惡의 불꽃인가,

③육신이 재가 되어 북새바람에 날아가면

눈물은 별이 되어 빛나고 있을까

아, 우리 삶 길에 반드시 지나가는

세한의 북풍 속

아리고 눈물겨운 적멸의 최후성인식,

그 잔혹한 의식을 치른 후에야

탐욕을 버릴 수 있는가, 중생들이여

― 「물고기의 다비식」 전문

이 시의 구성 형식은, 넓게는 수미雙관(동어반복은 아니나 유사 개념으로 겹쳐 강조 효과가 있음)이면서 서정적 양식에서는 보기 드문 일종의 액자형으로 볼 수도 있다. 세 연 중에 1·3연은 '중생'의 탐욕 성향을 직접 다루고 가운데 2연에서는 제재를 '물고기'로 옮겨 인간들 밥상에 바쳐지는 과정을 '다비식'에 빗대어 표현하고 중생의 업보를 암시하였다. 그리하여 영상에서 너무 잔인하거나 직접 보여주기 민망한 장면을 환유적으로 처리하는 기법 같은 효과를 내도록 하였다.

이 시에 투영된 작의는 시작과 끝 연에서 거의 직접 드러나듯이 인간의 탐욕과 업보를 통한 구원의 문제이다. 이는 종교(중생 : 불교)와 결부되어 상당히 미묘한 문제임을 다 각도의 질의 형식을 통해 암시한다. 내세가 있는가? 천당과 지옥이 있는가? 속죄와 업보에 실효성이 있는가? 그리고 이런 따위의 물음에 대해 과연 누가 확답할 수 있는가? 등등. 시인은 이런 민감한 문제를 그물에 걸려 생선구이로 인간들 밥상에 오르는 물고기를 통해 제기한다. ①에서는 '거룩한 다비식'으로 볼 수 있는가? ②에서는 물고기를 굽는 불꽃을 선/악 중 어느 쪽으로 보아야 하는가? ③에서는 그것이 소신공양의 의미를 지니며 '별'처럼 승화될 수 있는가? 이렇게 2연에서는 문제 제기만 하고 답은 독자에게 맡겨 열어 놓았다.

물론 답은 유동적이다. 물고기의 입장이라면 졸지에 당하는 황당하고 억울한 희생 공양일 테고, 중생 편에 서면 고마운 마음에서 긍정적인 답이 나올 수 있을 것이다. 그렇다면 시인은 어떤 쪽에 손을 들까? 마지막 연에 적나라하게 표현되어 있듯, 그는 이도 저도 아닌 중생들의 지독한 '탐욕'에 일침을 가하는 방향으로 맺는다. 즉 '우리 삶 길' —생명체라는 존재(인생)의 최대 비극인 죽음에 이르러야만 '적멸'을 실행할 수 있느냐고 반문한다. 하기야 소승불교에서는 '회신멸지灰身滅智'라 하지 않던가. 몸을 태워 버려야 꾀부림(죄업을 쌓는 원천)에서 완전히 벗어날 수 있다니, 인

132

간은 살아 있는 한 '성인' 되기는 틀렸다는 것이다. 우리가 삶을 다할 때까지 정진하고 또 정진해야 할 까닭이 여기에 있으며, 시인이 시로서 덧없고 부질없는 인간 존재에게 성찰의 빌미를 제공하고 각성의 길을 유도하는 이유도 바로 여기에 있지 않을까.

구원 불능의 가망 없는 인간이라는 시인의 비극적인 세계 인식은 일일이 늘어놓을 수 없을 정도로 곳곳에서 펼쳐진다. 이를테면 "일평생 추위를 견디며 꽃을 피우고/붉게 익어온 열매, 그 암향내음/어지럼증을 앓고 있다/그러다가 슬픈 동안거를 위해/캄캄한 내세의 바다로/소리없이 떨어져 내린다"(「낙화」)에 보이는 '캄캄한 내세'관, "역사의 짐을 진 우리는 그 길 위에서/자꾸만 미끄러져 넘어지곤 한다 … 욕심 비운/인간에게는 맑은 마음의 하늘도 보인다"(「봄길 위에서」)라는 대목에 보이는 공동체 의식의 무게에 따라 좌절 가능성도 커진다며 허심의 중요성을 강조하는 것, 또 다음 시에서 그것을 다시 변주한 부분에서 시인이 인간의 끈질긴 탐욕을 얼마나 죄악시하고 있는지 여실히 보여준다.

병수렁에 빠져 본 자는 안다, 이 세상 곳곳에는
세균보다 더 독한, 탐욕에 눈먼 자들이 많다는 것을
오늘 아침, 이 순간만 존재하다가 떠나갈

성에꽃이 창밖의 바람에 손 흔들며 말한다

시간이 흐른 후, 너희들도 우리들처럼
허공중에 덧없이 사라질 것이니

이 세상 사랑하는 모든 것에게, 저 저녁놀처럼
네 영육을 뜨겁게 불사른 후 어둠 속으로 가라고

- 「성에꽃」 부분

　아침에 아름답게 바라볼 수도 있는 '성에꽃'을 보고도 세상 곳곳을 차지한 탐욕에 눈먼 자들에게 덧없이 사라질 존재임을 각성하고 탐욕에서 벗어나 '이 세상 사랑하는 모든 것에게' '네 영육을 뜨겁게 불사른 후 어둠 속으로 가라고' 저주하듯이 권유하는 시인의 마음, 오죽하면 그럴까! 문명은 날로 발전하여 번쩍거리는데 정작 그 속을 들여다보면 점점 더 어두워져 우리네 마음도 자꾸 외로움과 서글픔으로 차오르고만 있으니 십분 수긍하고도 남는다. 그러니 대오각성하여 소신공양하고 떠나라 하면서도 '어둠 속으로 가라고' 하는 표현은 탐욕에 눈이 어두운 몹쓸 인간들은 도저히 구원받을 수 없고 구원이 되어서도 안 된다는 강력한 의지와 바람을 나타내는 것이다.

　한편, 탐욕적인 인간에 대해 시인이 극단적인 저주와 경

각심을 일깨우는 심정을 뒤집으면 남을 위해 희생하는 사람들에 대한 찬양으로 변주된다. 특히 역사적으로 국난에 참여하여 조국을 지킨 분이나 그 가족에 대한 사랑을 표현한 작품들을 통해서 그들의 헌신을 잊지 않고 기리려는 정성을 보여준다.

> 낙엽이 지는 시골, 폐교된 앞마당에선
> 일제 강점기 나라를 잃고
> 울분을 터뜨리던 소녀의 울부짖음이
> 망초꽃으로 피어나 울고 있다
>   – 「폐교 마당에 망초꽃 울다」에서①

> 건넛마을 스무 살 초시댁 처자가
> 낙동강 전선에 서방님을 떠나보내고
> 눈이 무르도록 밤새워 울었다던
> 가슴이 무너지는 그 뼈아픈 이야기를,
> 박꽃이 비스듬히 지붕 위에 누워
> 눈물을 감추면서 가랑비로 다독거렸었지
>   – 「회룡포에서 보낸 편지」에서②

> 사변 나던 해 추석을 앞두고
> 기약 없이 전선으로 떠난 낭군이
> 남기고 간 사랑의 꽃잎, 타오르는

장작불을 호숫물로도 꺼뜨리지 못하여

고독하게 날을 새운 별들이

대수풀 바람과 함께 울어댄다

　　　　－「배오개 가던 길가의 배롱나무꽃」에서③

십자가 언덕의 종을 치며

신을 향해 포도주를 따라 올리고

고해성사를 하며 동방의 별빛을 찾는다

전몰자묘역 목십자상 앞에 선 군상들이여,

폭정의 망치에 부서질지언정

영롱한 흰빛을 고칠 수 없는

옥가락지의 그 결백과 바위 같은 믿음,

초원의 땅에 자유의 종을 울리리니

흰 백합이 되어 돌아오라

막막하기만 한 황무지길을 벗어나서

불의와 권부의 유혹을 물리치고, 온전히

사랑의 풀잎만 뜯는 순한 양으로 돌아오라

　　　　　－「목십자가 앞의 군상들」에서④

겨울에 쌓여 있던 흰 눈 사라진 자리에

서방을 전선으로 보내고 밤마다 흘린

눈물로 피어난 때죽나무꽃

　　　　　－「때죽나무꽃」에서⑤

울다가 지쳐 떨어지는 지리산 동백은

빨치산에 임을 잃은

젊은 과부댁의 붉은 눈물이다

(중략)

세파질풍에 붉게 지친 지리산 동백은

가족의 빵을 위해 몸을 던지던

젊은 과부댁이 피 토해낸 슬픈 꽃잎이다

　　　- 「지리산 동백은 바람 따라 흘러가고」에서⑥

　다소 격한 심정으로 표현하고 시적 치장을 절제해서 별다른 해설이 필요치 않다고 보아 가능하면 많이 보여주려고 짐짓 여러 작품에서 일부만 인용하였다. 이른바 역사의 상흔들에 대한 시인의 따뜻한 사랑과 찬양의 정성을 엿볼 수 있는 대목들이다. 인용된 작품들은 일제 강점기에 관련된 「폐교 마당에 망초꽃 울다」 한 편을 제외한 나머지는 모두 동족상잔의 처절한 비극으로 각인된 6·25동란에 관련된 화제들이다.

　이들 작품의 특징은 먼저 표현상 정서적으로 격한 감정을 동반한다는 점이다. 멀리는 100년이 넘었고(일제 강점기) 가까이는 70년(6·25동란)이 지났는데도 여전히 진한 울분과 슬픔을 자아내는 듯 마음속 오열을 토해낸다. 어떻게 보면 시적 정제보다는 감정의 분출을 참지 못하는 모양새라

할 수 있다. 잊히지 않고 지울 수도 없는 깊은 상흔을 떠올리면 시적 장식이나 절제가 오히려 부질없는 것인지도 모른다. 그래서 그럴 것이라 믿어 의심치 않는다.

다음으로는 여성을 중심 제재로 꽃에 연결한 경우가 많다는 점이다. 즉 소녀—망초꽃(①), 초시댁 처자—박꽃(②), 전선으로 낭군을 떠나보낸 여인—배롱나무꽃(③), 전몰자를 기리는 군상—백합(④), 서방을 전선으로 보낸 여인—때죽나무꽃(⑤), 빨치산에 임을 잃은 젊은 과부댁—동백꽃(⑥) 등에서 보듯이 소녀, 참전 용사의 아내, 빨치산에 임을 잃은 과부댁 등 젊고 여린 여성을 꽃에 위로를 받는다거나 비유하는 형태로 표현하였다. 그런데 여기서 주목할 대목은 한결같이 꽃=아름다운 여인이라는 상투적인 비유를 넘어선다는 점이다. 예컨대, '울분을 터뜨리던 소녀의 울부짖음이/망초꽃으로 피어나 울고 있다', '눈이 무르도록 밤새워 울었다던/가슴이 무너지는 그 뼈아픈 이야기를' '박꽃'이 다독거렸다, '기약 없이 전선으로 떠난 낭군이/남기고 간 사랑의 꽃잎' '…/흰 백합이 되어 돌아오라', '울다가 지쳐 떨어지는 지리산 동백은/빨치산에 임을 잃은/젊은 과부댁의 붉은 눈물이다' 등에서 보면 대체로 피눈물을 자아낼 정도로 짙은 슬픔에 결부되어 있다. 풀 길 없는 깊은 한과 슬픔을 달래는 존재를 두고 "꽃처럼 붉은 울음을 밤새 울었다."(서정주, 「문둥이」)라고 표현한 명구를 떠올리게도 하는 이 표현들에서 우리는 아름다움과 젊음을 누리지 못하고 극한적인 상실의 아픔을 겪는 여인들의 한을 더욱 절절히 느낀다. 그러니까 꽃에 빗댄 이들 표현에는 역설적인 강조 의미와 더불어 한편으로는 꽃과도 같은 가족을 남겨두고 전장에 참여하여 조국을 위해 몸 바친 젊은이를 아름답게 기리는 정성도 들어 있다고 하겠다.

3. 초월적 상상력과 정진의 운명

아름다우니까 바람에 흔들리고 떨어지는 게 더 서러운 꽃이듯, 젊으나 젊은 시절에 홀로 되어 더 애타고 한스러운 아낙의 서러움을 누가 풀어줄 수 있는가. 그 사정은 언제나 인간도 신도 시원하게 해결할 수 없는 영원한 숙제일 뿐이다. 그렇다고 다만 운명이거니, 팔자려니 하는 말로 때우고 아무렇지도 않게 살 수도 없는 노릇이라 더욱 속이 탄다. 이런 막막함과 답답함을 시인은 다음과 같이 풀어낸다.

갈까마귀야 두려워 마라, 정답이 없는
삶의 정답은 날마다 희망이파리 키워가는
저 외솔나무에게 물어보고,

사랑의 전서를 읽고 날아오르는

저 새에게 물어보라, 하늘에 차곡차곡

별들이 써 놓은 새벽 편지도 읽어 보라

　　　　　　– 「갈까마귀가 부친 새벽편지 2」 부분

'정답이 없는 삶의 정답'을 찾으라니, 시지프스가 되라는
것인가? 그렇다면 더 복잡미묘해진다. 끊임없이 돌을 산정
으로 밀어 올리는 시지프스의 도로徒勞 행위는 업보인가 운
명인가? 알베르 카뮈는 그 부조리한 행위에 대해 오히려
'인간승리'로 평가하고, 그런 형벌을 내린 신에게 시지프스
가 저항하는 유일한 방법은 그 벌을 '즐기는 것'이라고 풀
었다. 저마다 얼굴이 다른 만큼 그 삶의 유형도 모두 다르
기에 인간이라는 존재와 그 삶에 드리운 유일한 정답을 찾
으려는 행위 자체는 애초에 부조리할 수밖에 없지만, 그러
함에도 아무것도 안 하면 생을 저버리는 짓이니 제게 주어
진 일을 최선을 다해 일구어가는 것이 상책일 것이다. 이
같은 긍정의 철학적 인식을 위 시에서 엿볼 수 있다. '갈까
마귀가 부친 새벽편지'라 했으나 사실은 시인의 독백이자
고백이며 자신을 닦달하고 다짐하는 내면의 목소리이기도
하다. 그는 비록 정답 없는 삶일지라도 살아야 할 당위성을
추구하는 방향에서 정답을 '희망'으로 규정하고, 그 실체를

늘 푸른 '외솔나무', 자유로이 나는 '새', 어두울수록 더 빛나는 '별'에서 찾으라고 했다. 지상·공중·하늘에서 각각 하나씩 모범을 제시하였으니, 찾아보면 세상 어디든 어두운 제 삶을 밝히고 힘을 주는 대상이 있기 마련이라고 일깨운다. 모두 두말이 필요 없는 정답 아닌 정답이라 할 수 있다.

그런데 외솔나무·새·별은 각각 존재 공간과 성격은 달라도 굳이 경중을 가리자면 시인은 천상계, 그중에도 '별'이라는 시어를 가장 좋아하고 즐겨 다룬다. 윤동주는 별을 노래하는 마음으로 시련에 든 모든 생명체를 사랑하겠노라 했는데, 앞서 보았듯이 정근옥 시인의 마음에 뜨는 별도 그런 의미가 있다. 그가 얼마나 별에 마음이 끌리는가 하는 사실은 수록된 작품 70편의 절반이 넘는 36편에 '별'(별빛, 샛별 등 포함)이 등장하는 것으로도 넉넉히 증명된다. 무슨 까닭일까? 세 가지 모두 저항적 의미를 어느 정도 내포하기는 하지만 어둠 속에서만 빛나는 별의 존재성은 그 의미가 더욱 분명하게 떠오른다. 중생의 탐욕을 매몰차게 질타하는 반면에 나라를 위해 희생한 분들을 기리고 그 가족들에 한없는 연민의 정을 보내는 시인으로서 반드시 어둠에 맞서 어둠의 부피를 조금이라도 줄이는 별의 상징성에 유난히 마음이 끌리는 것은 당연한 노릇일 것이다.

얼마나 많은 눈물을 뿌려야

얼어붙은 밤하늘에

뭇 별이 되어 반짝일 수 있을까,

얼마나 피맺힌 울음을 울어야

저렇게 눈부시게 빛나는

별들을 사랑하며 노래할 수 있을까,

얼마나 많은 흔들림을 당하여야

달빛 받으며 삭막하게 말라 버린

갈대밭을 흔들고 떠난

바람을 잊고 도란도란 살 수 있을까,

밤새워 풀고 풀어도 풀리지 않는

삶에 대한 답을 아직도

플라톤은 밤하늘을 가리키며 풀고 있을까

– 「갈까마귀가 부친 새벽편지 2」 부분

'밤새워 풀고 풀어도 풀리지 않는/삶에 대한 답'을 듣고야 말겠다는 강한 신념, 또 그럴수록 비례하는 답답함과 궁금증과 조급증을 잘 보여주는 작품이다. '얼마나 많은 눈물을 뿌려야', '얼마나 피맺힌 울음을 울어야', '얼마나 많은 흔들림을 당하여야'라는 구절들에서 우리는 별의 경지를 염원하는 지극정성을 읽고도 남는다. 그야말로 시련과 피눈물로 범벅된 세상살이의 고뇌를 온몸으로 느끼며 저항하는 시인의 '도로'에 버금가는 노력이 얼비치기 때문이다. 그래도 우리는 여전히 기운이 빠진다. 그것은 고대 철학자 '플라톤'을 등장시켰듯이 수천 년이 흘러도 철학적으로는 도저히 풀어낼 수 없다는 시인의 절망적 인식 때문이다. 애초에 정답이 없는 삶이라 당연히 알맹이 없는 철학적 역사의 흐름이겠으나, 그러나 그러함에도 불구하고 그래서 더 궁금해지는 게 삶의 이치나 도리의 실체가 아닐까?

화엄사 홍매꽃 나비와 입맞춤하고
땅 위에 선홍의 몸뚱이를 던지듯
사랑하는 사람아, 네 마음도
밤새 타오르는 촛불처럼 태워서
인연의 먼 바다에 서슴없이 던져 버려라
그토록 애타게 그리움을 앓다가
바람을 따라 홀로이 가려면
별빛 하나 켜 들고
검푸른 물결을 헤쳐 저 작은 섬으로 가라
그래도 사랑이 저리도록 아프고 괴롭다면
칼끝에 도려내진 마음 한 점 어둠 속에 심어 놓고
바람도 불지 않는 해탈의 하늘바다로 가라
달도 저문 하늘을 바라보며
맘 한가운데 무지개를 품고 울던 두견

목쉰 울음소리마저 끊기면

적연히 이슬방울 되어 꽃잎에 내려앉아라

           – 「화엄사 홍매꽃 질 때」 전문

   삶의 궁극을 찾으려는 시인의 시적 탐색 여정은 마음으로 바라보는 별을 거쳐 종교적 실행의 길로 들어선다. 이는 별을 상징적으로 받아들이는 일이 부질없다는 뜻이 아니라 다양한 방향과 각도에서 삶의 이치를 궁구하려는 정진의 일환이다. 위의 시는 그런 노력을 다각적으로 비추어 낸다. 이를테면 '네 마음도 촛불처럼 태워서 인연의 먼 바다로 서슴없이 던져 버려라—별빛 하나 켜 들고 작은 섬으로 가라—해탈의 하늘바다로 가라—적연히 이슬방울 되어 꽃잎에 내려앉아라'라고 하며 시점을 이동하는 점이 바로 그것이다. 욕망 비우기→섬→하늘→이슬방울이라는 이 단계를 꿰는 공통점은 인간이나 그들 세계와는 거리가 먼 '순수'라는 끈이다. 다시 말하면 중생과 욕망이라는 질긴 인연을 끊는 길이 곧 존재다운 존재로 거듭나는 지름길이라는 것이다.

   이 과정을 다른 측면에서 바라보면 '인연'과 '윤회'에 대한 문제이다. 불교에서 윤회는 대체로 부정적인 의미가 있다. 불성을 지키며 선한 존재로 살다가 해탈해 열반에 들면

번뇌의 바다인 이승으로 되돌아오지 않아 인연이 끊어진다고 한다. 그렇다면 이 시에서 '이슬방울 되어 꽃잎에 내려 앉아라'라고 표현한 구절을 어떻게 이해해야 할지 좀 망설여진다. 여기에는 불교적 이념과 현실적 가치를 절충하는 의미가 있다. 즉 인류의 존속은 유지하되 단, 아름다운 공동체이어야 지속할 가치가 있다는 것이다. 그래서 시인은 순수한 마음을 간직한 존재가 지상에서 하늘을 거쳐 돌고 돌아 다시 이슬방울처럼 꽃잎에 내려앉기를, 가장 맑고 깨끗한 존재로 거듭나는 중생의 길을 간절히 기도하는 심정으로 염원한다.

이러한 그의 간절함은 「바람의 설법」으로 이어지며 더 절절해진다. "삶의 고독한 뜰, 중생의 번뇌에서/해탈하고자 하는 바램/묵중한 바위 위에 새기고 새기어/생현生顯하는 불타의 말씀이 뜨겁다" 하고, 걸어온 여정을 성찰하며 "때 묻지 않은 꿈을 키워 보려고/갖가지 생의 유희를 하다" 좌절하여 목이 타기도 하며, 또 "사랑하는 모든 것들이 꽃을 피우기 위해" 기다리거나 기도를 올리는 것으로 읽는가 하면, 지나가는 구름을 통해 "서쪽으로 가는 바람처럼 탐심탐욕을 버리고/떠가는 구름처럼 걱정덩이도 내려놓고/나무와 더불어 살다 가라 한다"는 명령을 들어내기도 한다. 이토록 중생에게 지워진 번뇌가 막중하니 해탈의 길도 멀기만 하다는 것이다. 정근옥의 시를 읽으면 '갈수록 태산이라는 말'을 떨쳐 버릴 수 없다. 인간, 아니 '중생'이라는 말 자체가 태산처럼 우리 마음을 짓누른다. 알게 모르게 탐욕에 눈이 멀어 자신은 물론이거니와 남까지 어둠의 구렁텅이로 밀어뜨리기 일쑤인, 천박한 자본주의 시대를 거리낌도 스스럼도 없이 만들어가는 인간무리들에 신물이 나는 것을 어찌할까? 정근옥 시가 그 실감에 실감을 더해 그저 아득하고 난감하기 짝이 없다.

4. 자유라는 최종 목적지를 향하여

인간이라는 요물의 속은 뜯고 뜯어도 실체를 제대로 볼 수 없다. 열 길 물속은 알아도 한 길 사람 속은 모른다던가. 오랜 경험에서 우러나온 선인들의 지혜가 새록새록 놀랍다. 살피고 싶은 시가 많고 하고 싶은 말은 많아도 결국엔 모든 시는 대체로 아름다운 세상에서 아름답게 살고 싶은 사람들의 꿈을 어떻게 실현할 것인가 하는 문제로 귀결된다고 해도 과언이 아니다. 그렇다면 아름다운 존재란 대체 어떤 모습일까? 나는 그것을 줄곧 참다운 '자유'를 누리는 존재로 보고 있다. 어떤 이는 '사랑'을 꼽기도 하지만 사랑은 종착 지점인 자유를 누리기 위한 과정에서 필요한 실천

행위로 보아야 한다. 이 자유에 대해 정근옥 시인은 이렇게 노래한다.

> 자유는, 자유를 지킬 수 있는 능력을 가진 자만이
> 자유를 쟁취한 징표를 목에 걸고
> 피비린내 속에서 쟁취한 행복의 맛을 볼 수 있다
> 이 갈망의 처절한 복음을 가슴에 새기며
> 바빌론 강가에서 장엄하게 울리는 합창소리를 듣는다
> 자유여 영원하라. 악마의 요령소리 물러가고
> 하늘에서 울리는 광명의 종소리여, 검푸른 바다에서
> 금빛 물결치는 파도처럼 일어서 노래하라
>   – 「바빌론의 강가, 그 자유의 노래」 부분

이 시는 김수영의 「푸른 하늘을」에 나오는 "어째서 자유에는/피의 냄새가 섞여 있는가를/혁명은/왜 고독한 것인가를"을 불러들이게 한다. 김수영의 시가 4·19의거 경험을 반영한 것이니 반세기를 훌쩍 넘어선 이 시점에서도 아직도 자유를 '피비린내 속에서 쟁취한 행복'이라 노래해야 할 만큼 우리는 그것을 온전히 누리지는 못한다는 것이다. 그러니 낙원이란 언제나 요원하기만 하다. 아니, 에덴동산은 영원히 우리 곁에 다시 복원되지 않으리라 확신한다. 다만 '자유는, 자유를 지킬 수 있는 능력을 가진 자만이/자유

를 쟁취'할 수 있다는 확신 아래 우리는 합심하여 '금빛 물결치는 파도처럼 일어서' '자유여 영원하라'고 우렁차게 노래해야 한다. 그리고 그 염원과 기세를 멈추지 말고 자유를 자유롭게 하는 실천으로 이어가야 한다. 세상의 모든 결핍으로부터 자유로워지는 자유를 공동체의 온 구성원이 온전히 누리는 그날까지… 이런 자유의 극치에 대해 시인은 한 걸음 더 나아가 이렇게 노래한다.

날게 놓아주자, 사랑의 하늘도
죽음의 하늘도
날아다닐 수 있는 것이 새이니까
                    —「수도원 밖의 새들」 부분

시인은 이승과 저승을 구분하지 않고 삶의 고통에서 완전히 벗어나는 해탈의 순간을 온전한 자유의 경지라고 본다. 물론 이 세계는 관념에서나 가능하지 현실적으로 실현될 수는 없다. 다만 시인이 간절한 꿈을 꾸듯이 중생들이 온갖 탐욕으로부터 자유로워질 때 어떤 가능성이 열릴지는 모르겠다. 이를테면 앞서 보았듯 우리가 욕망 비우기→섬→하늘→이슬방울이라는 이 선순환 과정에 들 수만 있다면 혹시 꿈 같은 세계가 찾아올 수도 있을 것이다.

시인으로서 이 꿈은 지상 최대의 공정이라 할 수 있다. 직접 새가 될 수는 없지만, 새의 영혼을 빌려 새처럼 자유롭게 세계를 나는 꿈과 상상력은 얼마든지 가질 수 있다. 그리하여 궁극에는 이승과 저승까지도 넘나드는 영혼의 자유와 불멸성을 상상 속에서 경험함으로써 세속에 얽매여 고뇌할 수밖에 없는 존재의 굴레에서 잠시나마 벗어나는 행운을 맛볼 수 있다. 시인의 간절한 경험은 이래저래 묻어두었던 독자의 경험을 불러일으키고 즐기게 할 것이니, 이 같은 시적 정의를 통해 공동체가 함께 정화 과정을 겪으며 정신적 자유를 누릴 수 있으리라 믿는다. 정근옥 시인이 개설한 이 자유를 향한 둘레길을 유유히 걷는 분들의 행로에도 그윽한 자유가 깃들기를 바라 마지않는다.

시와함께(Along with Poetry) 시인선 018

정근옥 시집

수도원 밖의 새들

인 쇄   2022년 9월 15일

발 행   2022년 9월 18일

지은이   정근옥

펴낸이   양소망

펴낸곳   도서출판 넓은마루

주 소   (03132) 서울특별시 종로구 삼일대로 30길21, 1103호(낙원동, 종로오피스텔)

전 화   02-747-9897, 010-7513-8838

이메일   withpoem9@hanmail.net

출판등록   제2019호-000100호

인쇄 · 제본   (주)지엔피링크

저작권자 ⓒ 2022, 정근옥

ISBN 979-11-90962-16-2(04810) / 979-11-90962-04-9 (세트)

값 12,000원